Tokusa-sho

木賊抄

Nakanishi Ryota

中西亮太

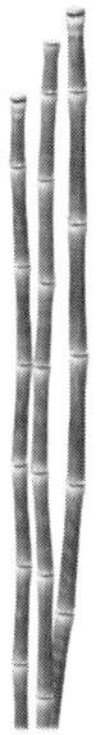

ふらんす堂

序

風鈴に舌あり人に音のあり

「人肌」の章に掲げられている一句。この句から亮太さんは「秋草」の仲間となりました。「円座」の武藤紀子主宰に「若い男の子が俳句を勉強したいと言っているので、山口さんお願いね」と聞かされていたので、東京のあさがほ句会であった時は、この人なんだと思いました。風鈴の句はあさがほ句会の句。

——風鈴のあのひらひら戦いでいるものが舌なのでしょう。この句が面白いのは風鈴に音があり人に舌があるのに、それが反対に表されていることと。このように表現されると、びっくりしてしまいますが、なるほどと肯ってしまいます。——（「秋草」二〇一九年九月号）と感想を綴りました。

亮太さんは自立した俳人を目指したいということで俳句を続けていました。ただ、具体的にどのような俳句をというところまで至っていないようでした。おぼろげながら、そして手探りの句作りがしばらく続きます。

コロッケのぽんと置かるる施餓鬼寺

亮太さんには、まずものとの出合いを大切にしてほしいということで、同じ年の十二月号の作品を取り上げて、「施餓鬼寺でのこの出合いを見事に一句にしたためた勢いというものを大事にしてほしい。」と書きました。「秋草」への投句と共に大きなインパクトを与えたのが秋草後援会だったと記憶しています。「秋草」の会員と私とで俳句鍛錬の場を設け、秋草後援会としていました。亮太さんとは「道句会」という名前をつけて、毎週やりとりをしました。もちろん、亮太さんの忙しい時には、連絡があり送られては来ませんでしたが、粘り強く私へ俳句をぶつけてきました。俳句の道のりは頑張ったからといって、すぐに成果は現れません。ある日突然、ぐんと伸びるといった形で目に見えるようになってきます。そのことも合わせて「道句会」で話をしてきました。変化が見え始めたのが、二〇二〇年を過ぎた頃からです。

種蒔のゆつくりはがす蹠かな

掲句に対してこの年の七月号で「この作者が一物仕立ての俳句にチャレンジするようになったことはたいへんよいことです。今のこの時期じっくりとこのような俳句と向き合うことが大事だと考えています。」と評しました。このあたりから、目指したい俳句が定まってきた感があります。その勢いが確かな形として表れて来たのが、第三章の「繪日傘」です。ものをしっかり見、言葉を先行させないという姿勢を強く感じるようになりました。後援会での取り組みがすべてではありません。亮太さんの絶え間ない挑戦と賢明な判断によって、俳句が大きく変わってきました。

白魚の唇につかへて落ちにけり
三和土まで闇の来てゐる五月かな
古きものの み な 音 大 き 南 風
こほろぎの髭の地面についてをり
子の会話もはや悲鳴や花八手
父親を跨いでゆけば霜柱

ものをよく見て、言葉を選んでいること。季語の奥行きを摑み取ることが出来ていること。特に前述した一物仕立ての俳句が際立ってきたことに目を瞠りました。

この大きな変化の結果が、第三十五回村上鬼城新人賞、第一回鈴木六林男秀逸賞の受賞として見事に実を結びました。

今年、亮太さんは結社「麒麟」にも所属しました。西村麒麟主宰は亮太さんについて語ってくれています。（「秋草」二〇二二年六月号）

――（前略）迷っているところを感じるとしたら、読み過ぎて何が正解なのかまだ摑めていないところ。それも年齢とともに落ち着いてくるんじゃないかな。そのときにきっと今よりもっと良い作家になっていると思います。――この期待は武藤主宰にも通じるところ。

これからの道のりはよりいっそう険しいでしょう。険しいですが、仲間がいます。多くの信頼できる仲間と共に進むという素地は十分に整いました。次のステージが待っています。

『木賊抄』上梓、おめでとう。晴れ晴れとした第一句集です。

令和五年八月　六甲の初秋の風を頰に受けながら

山口　昭男

木賊抄＊目次

句集　木賊抄

I 人肌

短日やじつと見つめる垣の猫

二〇一三年

遠火事や肋浮き出る風呂鏡

二〇一四年

春眠の隣合はせの机かな

二〇一五年

金蠅の顔ぬぐふ手の人のごと

透き通る翅落つ八月十五日

二〇一六年

掃く音の澄んでゐたるや十二月

とぢゐたる指に隙間や去年今年

二〇一七年

春うらら白壁ところどころ剝げ
新社員なつておどける金曜日

行く春や水没の虫しづかなる

銅像の一点まぶし夏終る

葉脈の白さ八月十五日

虫籠の虫仰向けに転がれり

穴まどひ上野は遠くなりにけり

朝顔や同級生の母豪快

おでん屋の小さくなつて仕込みをり
冬服の揃つてゐたる箪笥かな

古暦うすくなりけり犬を抱く

大雪のすがすがしさよ手紙くる

二〇一八年

畑うつて小さき畑のいとほしく

柏餅カナダの滝の大きくて

六月や寝だめの妹をよけ歩く

指差して鯊の散りたる鯊日和

人肌の触れて離るる虫の闇

雁瘡や紙をやさしくつまみ上げ

二〇一九年

三寒に天狗の鼻の乾きけり

まるつきりアジアの顔に春来たる

啓蟄や後ろ手に微笑んでゐる

啓蟄の瞑る眼の生ぬるき

やはらかき蜷の腹より蜷の道

つつがなく地図覚えたる団扇かな

心太赤子の首に皺多し

風鈴に舌あり人に音のあり

二十本ほどの白髪ソーダ水
をととひの夕焼のひとにあうてきし

コロッケのぽんと置かるる施餓鬼寺

馬肥えて雲と雲とがつながれり

雁を追ふ首ゆつくりと右へ右へ

炭籠や田を受け継いで手放して

根掘り葉掘り聞かれて暑き毛布かな

雪吊や一本道をゆづりあふ

二〇二〇年

寒餅を切つたる音の短くて

櫻木の影をあかるく雪達磨

雪達磨乾びし枝の残りけり

凍豆腐四隅より空暮れてゆく

芝焼のしばらくはただ立つてをり

麦踏の蔵の向かふを見てゐたる

水ぬるむ地蔵の頭ざらざらと

春眠やオリーブの葉の裏がへり

種蒔のゆつくりはがす蹠かな

浅黒き十指李を並べたる

田植女の大きな影を率いてをり

掛けてあるだけの麦藁帽子かな

金澤に開かれてゐる夏蒲団
うらがへるてんたう虫の腹黒し

緑雨からいきなり一人飛び出づる
いつまでもひとり愉しくいなびかり

蟷螂の喰みたるものを抱き直す

蟷螂の貧しく鎌を挙げてをり

あを白く蝦の泳げる良夜かな

へうたんや使ひまはしの一芸終ふ

真緑の川十月の魚の群
梨売りの梨並べつつ話しをり

ピラカンサ石碑の文字に苔あふれ

蘆刈の両手で蘆に潜りけり

仏滅のしづかに昏れし鬼胡桃

伸びてゐる木賊と折れてゐる木賊

忘恩やぎんなんひとつ音打てり

ガンジーの手の美しき青写真

冬晴や茶器積み上げてたたき売り

マスクより人一枚の剝れけり

竿先の魚信さやけし冬うらら

ボクシングジムのこゑする枯木立

山眠る印度尊者の猩猩緋

Ⅱ

襖

元旦や山肌赫く母遠く

二〇二二年

初ごよみ重たく壁に掛けてあり

初湯出て壮年の身になりにけり

寒鯉の口々に波起こしたる

掌にふくらんでゐる若菜かな

気持ちよく奢られてゐる雪あかり
雪沓の誰か揃へてくれてあり

村雨に村ぬれ尽くす龍の玉

竹馬のばらばらと地にたふれけり

弁当をさらりと解く氷かな

白魚呑む戀のつめたさにがさかな

艸魚忌や午後がまつたく暇であり

二月尽役者いつもの貌となり

首筋に力の入る田打かな

打ち終へし畑を渡る畑打

掃く人の椿壊してしまひけり

永き日の黒鍵白鍵より軽く

朧夜やあたらしき膚できてきし

水鳥の胸に花屑たまりけり

やはらかく鳥は巣箱を出づるかな

鳥の巣のあたたかさうに落ちてゐる

したたかに花虻は手をこまねいて
虚子の忌のつめたき水を飲みにけり

大学の伸び切つてゐる花薊
蔓外れ鉄線の首たよりなく

ざくざくと貝洗ひけり麦の秋

かたつむり肉のほとんど出で歩く

かがみたるまま歩みをる田草取

手に水と一番草を掬ひけり

指挿せば灰軋みぁふ夏炉かな

一斉に拍手鳴り出す雲の峰

夕立を待ちて板橋区役所前
のけぞつて滝見の帽の顔あらは

打水を吸ひ込んでゐる塀の角

路角に涼しく貌をこする猫

甚平の胸元ひろく水呷る

父親の引つぱつて来し白地の子

ちやきちやきと水飯喰ふを聞いてをり

腕一本飛び出してゐる葭戸かな

背泳ぎを終へてしばらく浮いてをり

痩身の遠泳の水引きずつて

さつきまで泳ぎし水のまつ平

鹹きかひな吸ひをる水着の子

夏痩のおもはぬ大きころ出せる

三代の表札ならぶ百日紅

あさがほの萎びて色の濃くなりぬ
ブラームス流して野分やりすごし

足首のつめたく花野ゆきにけり

母親が虫籠のぞきこんでをり

竈馬ごんと襖を打ちにけり

一つ飛びたくさんの鯔飛び出づる

挿し置きて表の決まる案山子かな

突き立てし案山子の襟を正しけり

落鮎のおとなしく掌に入り来し

椋鳥や上野の朝をほしいまま

糊あまくにほへる障子洗ひかな

立冬や屋根に屋根掃く人乗りて

立冬の鼻をこすりて温かく
神の旅耳にあかるき風過ぎて

口拭ひ話しはじめし十夜かな

茶の花や粘りて落つる雨しづく

山茶花の家の外より返事来し

跳び箱の着地やはらか冬日和

左右より名前呼ばれて暮早し

弟の気前よかりし十二月

長梯子たて掛けてある枯木かな

驢馬の眼に張りついてゐる冬の園

口々に雨をたづねるおでんかな
冬囲胸にがま口揺すらせて

焼藷の割られしままに置いてあり

枯野より東訛りの帰り来し

外套に入つて行きし童子かな

餅つきの老の一打の重たくて

Ⅲ　繪日傘

読初の紙やはらかく黄ばみけり

二〇二二年

羽子板を体ぐにやぐにや打ち返し

七種の籠を手首に戸をひいて

人日や墨のとろりとあをめける

ラガーらの握り拳のまま入場

遠くよりわらひごゑする氷かな

春寒や大きく開く花鋏

白魚の唇につかへて落ちにけり
山焼の髪のにほひとなつてをり

水筒の銀のふるびて猟期果つ

猛禽の影のぬらりと草青む

指切って脈の涼しく地虫出づ

髪の毛と菜飯が口に入りけり

剪定の梯子がすこし木に遠く

剪定の鋏の横の湯呑かな

老鯉の椿を喰つてゆきにけり

完璧に傾く喇叭水仙よ

湯浴み子を受け取つてゐる紫木蓮

春一番渋谷駅前交差点

蝌蚪の水掬ひて蝌蚪のなかりけり

よーじやの墨描きをんなさくら散る

小鳥の巣きれいに古りてゆきにけり

厠出て鳥の交るを見てをりぬ

掌に貼りついてゐる種を蒔く

修司忌や流し放しの昼ドラマ

ささくれのキンとめくれて立夏かな

夏立つや鯰絵の人みな必死

背中まであをき赤子や花あやめ

三和土まで闇の来てゐる五月かな

麦秋や全集の背の割れる音

うぢやうぢやと龜売られたる祭かな

古きものみな音大き南風

風吹いて肩の繪日傘まはりけり

見えてゐる山女と見えぬ山女かな

打水を気を遣ひつつしてゐたり

イタリアの国の形の水を撒く

きうりほど少し曲がつてゐるもよし

家電屋をばらばらに吹く扇風機
扇風機愚人のごとく置いてあり

蘭鋳の鼻にあぶくのついてをり

石垣のちよつと低きに空蟬が

うつすらと蓮の上下に揺れてゐる

暗誦の一気に出づる百日紅

遠信の切手連ねし稲の花

白壁に二百十日の翳折れて

ぽぽぽぽと吹き沸いてゐる花芒

うすずみの萬といふ文字秋の霜

こほろぎの髭の地面についてをり

プラトンのうすき文庫よ月さやか

名月や家それぞれに水の音

この函の本出しにくし衣被

秋の蚊の志なく飛びゆけり

魚の眼の暗きに光る秋の蠅

道端に立ちて素早く桃を吸ふ

蛇穴に入りて豆腐の花がつを

倒れれば瞑る人形あきつばめ

爽やかに紙こすれあふ祓ひ棒

露草の遠くのこゑに揺れてをり

どぶろくの薬罐みごとにへこみけり

十夜僧雪駄ばらばら脱ぎ入り

子の会話もはや悲鳴や花八手

鳥ごゑのなかを残りし紅葉かな

銀杏散る手庇の手に当たりつつ

水鳥のがさつに鳴いてくれにけり

初雪や眠る赤子の息深く

焼藷を持ちて国立大学へ
濡れてゐるやうに伸びたる焚火かな

すたすたと来てちよろちよろと煤払ふ

くらやみに水掃きにけり年の暮

家を出る一念餅をのばしけり

父親を跨いでゆけば霜柱

色白で肉付きよくてちゃんちゃんこ

跋Ⅰ

　ある日一通の封書が届いた。中西亮太という知らない人からであった。封を開けて読んでみたところ、驚いたことに、私に師事して「円座」に入会したいという手紙だった。中西君は東京に住んでいる大学院生だそうだ。

　若い人が俳句の世界に入ってくれるのは本当にありがたいことである。上手に育てて俳人になって貰いたいし「俳句」というものを後世に伝えて貰いたい。ただ私は彼に指導が出来ない。名古屋の人なら句会などで対面の指導が出来るが、中西君は東京の人だ。私はスマホもパソコンも何も使えない。機械に弱いのだ。そこで円座会員の橋本小たかさんと同じように「秋草」主宰の山口昭男先生に預かって頂くことになり、本当に良く指導して頂けたのであった。

　中西亮太君には、西村麒麟というもう一人の先生がいることがわかった。麒麟さんとは長谷川櫂先生の「古志」でご一緒させて頂いた。なかなか独立性の強い人で、一人でしっかり勉強して、賞を次々と受賞し、最近「麒麟」という結社を立ち上げられた。亮太君に「円座」への入会を助言したのも、この句集の出版を助言したのも麒麟さんではないかと私は思っている。

中西亮太君は、ここまで自分の力で努力し、俳句に誠実に向き合って、熱心に励んでこられた。心から「おめでとう」と言いたい。

をととひの夕焼のひとにあうてきし

抒情的でとても素敵だ。今日でも昨日でもない「をととひ」出合った人。夕焼けの美しい頃に出合った（恐らくは）女の人。今日、彼女に再び会いに行ったのだった。なんだか短編小説が出来るようなシチュエーションだ。

伸びてゐる木賊と折れてゐる木賊

句集の題名が「木賊抄」だと知った時、不思議な気持ちになった。「木賊」といえば宇佐美魚目先生の「すぐ氷る木賊の前のうすき水」の句を思うからだ。もしかして亮太君もこの句を知っていて、好きなのかなあと思った。亮太君はどこで木賊を見たのだろう。魚目先生の木賊は、先生がよく吟行される灰沢鉱泉の宿の玄関先にある手水場の木賊だ。私も吟行先で木賊を見つけると、俳句に詠まずにはいられない。

ボクシングジムのこゑする枯木立

「枯木立」と「ボクシング」の句を私も以前詠んだことがある。「枯木立窓辺のシャドウ・ボクシング」という句だ。それ以来ボクシングの句を見つけると興奮する。ボクサーの白息や枯木の林や並木道のモノトーンが美しい。この句は冬の寒い人《ひと》けのない林と、ボクシングジムから聞こえてくる人声やパンチの音などが寒さをきわだたせている。

元旦や山肌赫く母遠く

ああやっぱり男の子はお母さんの句を詠むのだなあとつくづく思った。私は母を詠んだ句は一つしかないが、父を詠んだ句は沢山ある。亮太君のご両親は、たしか飛騨の高山に住んでおられると聞いたことがある。東京に一人住む亮太君は、この時実家に帰れなかったのだろう。朝日に赤く染まる山を見たのは東京だったのだろうか。それとも高山で見た山を思い出していたのだろうか。どちらにしても、まず思い浮かべるのは母親のことなのである。亮太君が母親を詠んだ句はもう一つある。「母親が虫籠のぞきこんでをり」。

イタリアの国の形の水を撒く

この句を見たときは、一瞬「あら私の句じゃない」と思った。よく見ると、季語と国の名前が違っている。私の句は「フランスの国のかたちの枯葉かな」だった。まず「国の形」はイタリアの方が良い。誰でもイタリアの国の形はよく知っている。フランスの国の形は、はっきりわかる人はそういない。けれど季語が「枯葉」の場合は絶対イタリアの国の形ではない。次に季語については「打水」の場合はイタリアの国の形が合わないということはない。「枯葉」の季語はちょっと良さそうに見えるがシャンソンの「枯葉」という歌を誰でもすぐ思い出すからつき過ぎと言われても仕方がない。このように見てみると亮太君の句の方が良いように思うが、何と言っても私の方が先に詠んでいるのは強い。

倒れれば瞑る人形あきつばめ

私が宇佐美魚目先生に学んだ一番大切なものは季語のつけかたである。

五七五とするすると詠むのではなく、五七で一度切って、五文字の季語をつける。この句でいえば最後の「あきつばめ」がそれである。魚目先生も亮太君の先生の山口昭男先生も「青」でご一緒していたので、おそらくこの句もその指導がよく効いているのだと思う。最後につけ合わせる季語はむずかしい。つき過ぎてもいけないし、離れ過ぎてもいけない。つかずはなれずのぎりぎりのところで一句がより深まるような季語を選ぶところに、成功か失敗の分かれめがある。この句は成功していると思う。

令和五年七月

武藤　紀子

跋Ⅱ

中西君とは彼が「円座」と「秋草」に所属する前から付き合いのある大事な友人です。それぞれの師によく学び、句集を刊行するまでになったことを嬉しく感じています。

彼は不思議な青年で、俳句以外のことも全てスマートにこなす能力があり、人柄も謙虚で、欠点がまるで無さそうな人間のように思うのですが、なぜかいつも俳句にだけ自信が無さそうでした。

短日やじつと見つめる垣の猫
金蠅の顔ぬぐふ手の人のごと
新社員なつておどける金曜日
朝顔や同級生の母豪快
冬晴や茶器積み上げてたたき売り

初期の句の造形そのものは、それほどスマートではありません。しかし、不器用ながらも心を込めて作ったあたたかさのようなものが句から感じられます。俳歴を重ねるとそのようなタイプの句は詠めなくなりますので、句集に入れ大切にするべき作品と言えます。彼の句のユーモアもまた、彼の真面目さから生まれているように思えます。器用に笑わそうという句ではなく、一生懸命に真面目に詠んだ上で滲み出た句の味わいであるところが読んでいて心地よい。句集に時々見られるこの嫌味の無い面白さが彼の句の特徴であり魅力ではないでしょうか。

柏餅カナダの滝の大きくて
六月や寝だめの妹をよけ歩く
かたつむり肉のほとんど出で歩く
竈馬ごんと襖を打ちにけり
髪の毛と菜飯が口に入りけり
蛇穴に入りて豆腐の花がつを

「円座」で心の入れ方、「秋草」で写生をよく学んだのだと思います。それぞれの師系についてもしっかり学んだ効果が句から表れています。心の入れ方と描写の力、この二つは俳句における大事なポイントです。俳句は学び、詠む、学び、詠む、その筋トレのような反復により上達します。

中西君とは俳句の話ばかりをする俳句の友人ですから、僕が知っているのは彼のほんの一面に過ぎないと思います。しかし、彼はおそらく、俳句に関しては、愚直なほどに一歩ずつ進んでいるという印象があります。

そして僕は、俳句というのはあまり器用でない方が良いと考えています。自然や言葉から生まれるある種の偶然性が俳句には大事で、器用に詠まれた句というものはどこか作為が透けて見えます。『木賊抄』はそのことを本能的に勘付いている人の句集、これは天性のもの。

何でも出来、酒も好まない中西君が、どうしてこんなに何も出来ず、酒飲みの僕と長年付き合ってくれるのか、不思議な気はします。しかし僕も、彼と話していると居心地が良いのです。おそらく彼と僕との共通点は、孤独を深く愛している点でしょう。家族や友人、仲間のことは心から愛してはいますが、同じぐらい大事なのは自身の孤独。

虫籠の虫仰向けに転がれり
おでん屋の小さくなつて仕込みをり

畑うつて小さき畑のいとほしく
いつまでもひとり愉しくいなびかり
完璧に傾く喇叭水仙よ
露草の遠くのこゑに揺れてをり

彼の句からは時々寂しさを感じます。その寂しさが清潔で澄んだ世界を句集に醸し出しています。寂しさの全く無い詩はどこか浅い印象を受け、長くは愛せません。しかし、彼はちゃんと孤独です。

最後に、僕が一番好きな句は次の句。

焼藷を持ちて国立大学へ

なんだか、よくわからないが面白い。

令和五年　糸瓜忌

西村麒麟

あとがき

二〇一二年十一月末から二〇二二年までの十年間で作った句の中から二一九句をまとめました。温かい序文・跋文をいただきました山口先生、武藤先生、麒麟さんには心よりお礼申し上げます。この句集に収めた作品は例外なく、句会をはじめ、人の目に触れたものです。これまで句座を共にしていただいたすべての方に感謝申し上げます。また、ふらんす堂様におかれましては十年間を跡づける機会をいただきましたこと誠にありがとうございました。すでに始まっている「『木賊抄』以後」が少しでも実りある時期になるよう、これからも努めていきたく思います。

二〇二三年九月

中西　亮太

著者略歴

中西亮太（なかにし・りょうた）

1992年生まれ
2012年　句作開始
2014年　「艀」入会（2016年終刊）
2019年　「円座」「秋草」入会
2023年　「麒麟」入会

現住所　〒112-0011
　　　　東京都文京区千石4-38-15-301
mail　nryota1128@yahoo.co.jp

●初句索引

あ行

か行

さ行

季語索引

春

時候

天文

地理

生活

秋

時候

天文

地理

生活

【ちゃんちゃんこ】
色白で肉付きよくてちゃんちゃんこ　一二七
【マスク】
マスクより人一枚の剝れけり　四六
【雪沓】
雪沓の誰か揃へてくれてあり　五四
【焼藷】
焼藷の割られしままに置いてあり　八八
焼藷を持ちて国立大学へ　一二四
【寒餅】
寒餅を切つたる音の短くて　三三
【餅搗】
餅つきの老の一打の重たくて　八七
【餅】
家を出る一念餅をのばしけり　一二六
【おでん】
おでん屋の小さくなつて仕込みをり　一九
口々に雨をたづねるおでんかな　八八
【氷豆腐】
凍豆腐四隅より空暮れてゆく　三三
【雪囲】
冬囲胸にがま口揺すらせて　八五
【雪吊】
雪吊や一本道をゆづりあふ　三
【炭斗】
炭籠や田を受け継いで手放して　三〇
【焚火】
濡れてゐるやうに伸びたる焚火かな　一二四
【火事】
遠火事や肋浮き出る風呂鏡　二一
【竹馬】
竹馬のばらばらと地にたふれけり　五五
【青写真】
ガンジーの手の美しき青写真　四五
【雪達磨】
櫻木の影をあかるく雪達磨　三一
雪達磨乾びし枝の残りけり　三三
【ラグビー】
ラガーらの握り拳のまま入場　九三
【煤払】
すたすたと来てちよろちよろと煤払ふ　一二五
【古暦】
古暦うすくなりけり犬を抱く　二〇

句集　木賊抄　とくさしょう

二〇二三年一二月二五日　初版発行

著　者——中西亮太
発行人——山岡喜美子
発行所——ふらんす堂
〒182-0002 東京都調布市仙川町一―一五―三八―二F
電　話——〇三（三三二六）九〇六一　FAX〇三（三三二六）六九一九
ホームページ http://furansudo.com/　E-mail info@furansudo.com
振　替——〇〇一七〇―一―一八四一七三
装　幀——君嶋真理子
印刷所——日本ハイコム㈱
製本所——㈱松岳社
定　価——本体二八〇〇円＋税
ISBN978-4-7814-1613-7　C0092　¥2800E
乱丁・落丁本はお取替えいたします。